아침달 시집

입술을 스치는 천사들

.

이날

시인의 말

내 마음의 타석에서

당신이 계속 파울 타구를 쳐요

2023년 11월

이날

차례

Side A

Side B

Side C

Side A

박쥐

박쥐는 자신의 슬픔으로 누군가를 위로한다 그 누구도 누군가가 될 수 있다 박쥐는 동굴 밖으로 나가면 새가 된다 그 새는 내가 가장 좋아하는 새이다 박쥐는 어떠한 새도 될 수 있다 그 새는 당신도 가장 좋아하는 새이다 그 새는 참새일 수 있다 후투티일 수도 있다 고양이가 낚아챈 새일 수 있고 아직 발견되지 않은 종의 새여도 좋다 그 종은 내일 탄생할지도 모른다 박쥐는 거꾸로 매달려서 운다 박쥐가 울 때의 표정엔 진심이 담겨 있다 박쥐는 깊은 눈빛을 지녔다 날개 속에 몸을 숨기고 어둠 속에 표정을 숨긴다 박쥐는 동굴 밖으로 날아간다 누군가에게 날아간다 그 누구도 자신만의 새를 가질 수 있다 모든 새는 그만의 깃털과 색이 있다 모든 새의 눈은 까맣다

거미

인문학관 뒷문으로 나가 연못을 바라봤다. 산벚나무 아래를 지나 연못 작은 다리를 건넜다. 벤치에 앉아 책을 읽었다. 연못에 햇빛이 일렁이는 걸 구경하다 졸음이 쏟아져 누웠다. 막상 잠에 빠지진 않을 거라고 누우면서도 알았다. 책으로 얼굴을 덮었다.

책이 바닥으로 떨어지는 소리에 잠에서 깼다. 연못 근처 처음 누워보는 벤치인데 언젠가 겪었던 일이란 느낌을 받는다.

얼굴에 책을 덮고는 눈 감고 조용히 울고 있었다. 바람이 귀에 닿는 게 느껴졌다. 나는 고개만 돌리면 볼 수 있는 연못을 상상만 하고 있었다. 물에 비친 태양이 일렁이는 모습을, 그 위로 물결이 지나가는 모습을, 물결에 산벚나무 꽃잎들이 실려 가는 모습을. 바람이 멈췄다. 꽃잎들이 가라앉아 연못 바닥에 쌓였다. 수면은 천국처럼 평평했다. 나는 귀를 만져 보았다. 귀가 없었다.

유령의 헛소리와 벤치에 앉아 있었다. 그와 나는 자신의 생애를 일 년씩 거슬러 올라가면서 말하기로 했다. 일 년에 한 문장씩만 말하기다. 그가 먼저 입을 열었다. 일 년 전은 그저 헛소리였어, 이 년 전은 그저 유령이었어, 삼 년 전은 그저 지평선이었어.

나는 한때 얼굴이다. 나는 한때 눈부심이다. 나는 한때 책이고 그 위에 펼쳐진 햇빛이다. 나는 한때 일렁임이다. 연못이 있고 산벚나무가 있고 작은 다리를 건너면 벤치가 있다.

얼굴에 책을 덮고는 거미가 거미줄을 치는 상상을 한다. 거미는 한쪽 가지에서 거미줄을 바람에 날리며 계속 뽑는다. 건너편 가지에 걸린다.

거미는 줄의 중앙으로 이동한다. 거미줄을 뽑어 고정하고 아래로 타고 내려간다. 거미는 나선형으로 거미줄을 쳐나간다. 나는 거미의 표정을 살펴본다. 거미는 조금 짓궂은 인상으로 위로와 응원을 보낸다. 나는 눈물이 조금 난다. 거미가 어느새 내 귀를 만들어주고 있었기 때문이다.

거미는 한쪽 가지에서 거미줄을 바람에 날리며 계속 뽑는다. 거미가 새로 만들어준 내 귀는 바람의 지문 같다.

코츠뷰의 불빛

3학년 2학기가 돼서 학생증을 만들었다. 그전에는 필요 없었다. 시험 때면 같이 모여서 중앙도서관 가는 애들. 나는 그런 애들이 아니었다. 전공 서적을 쌓아 가슴까지 올라오게 들고 계단 내려오는 애들. 나는 그런 애들이 아니었다. 소모임이나 동아리에서, 나름 심오한 주제에 물음을 던져보기 시작하는 나이의 애들. 나는 그런 애들이 아니었다. 나는 생각을 버리기로 한 애. 학교가 너무 멀다. 여자친구가 너무 말이 없다. 이런, 사소한, 생각만으로도 머리가 터질까 봐 걱정하는 애. 책상에 뺨 대고 있기를 좋아하는 애.

중앙도서관 사이트에서 북극으로 검색하면 나오는 책. '안나여 저게 코츠뷰의 불빛이다'. 나는 안나도 모르고 코츠뷰도 모른다. 어쩌면, 불빛도 모르겠다. 그 책을 빌리려고 학생증을 만들었다. 1978년 7월 15일 초판이 발행된 책. 너무 오래돼서 보존서고에 보관된, 사서한테 따로 말해야 가져다주는 책. 그 책을 빌리려고 학생증을 만들었다. 북극으로 검색하면 나오는 단 한 권의 책. 대학에 들어간 이후 처음으로 정신을 놓아버린 활자. 그 책을 빌리려고 학생증을 만들었다. 제목은 잊고 지냈어도, 열두 마리의 썰매 개는 잊지 못했다. 낚시를 해서 개들과 음식을 나누는 남자도 잊지 못했다. 자고 일어나니 도망치고 없는 개들, 그중 다시 돌아와 준 한 마리의 개도 잊지 못했다. 이들을 잊지 못하려고 학생증을 만들었다. 10년 전의 책. 북극으로 검색하면 나오는 30여 권 책 중 단 한 권의 책. 대학에 들어간 이후 처음으로 빌렸던 책. 알고 보니 2011년 3월 11일, 새롭게 초판이 발행된 책. 다시 나온 책도 주문했다.

옛 책에 더 정이 가는 건 흔한 얘기. 한빛비즈에서 나온 거 말고 평화출판사平和出版社에서 나온 거. 전문 번역가가 번역한 거 말고 한국 동굴협회 이사가 번역한 거. '눈을 들어 보니 오로라가 밤하늘을 가로지른다' 말고 '밤 하늘을 가르듯이 오오로라가 머리 위를 가로지른다'로 되어 있는 거. 우에무라 나오미가 쓴 거 말고 식촌직기植村直己가 쓴 거. 저자 소개를 "1984년 2월 12일, 그는 하산 도중 실종되어 영영 돌아오지 않았다'로 한 거 말고 '1978년초 일본을 출발 카나다의 엘저즈미아섬 케이프콜럼비아를 다녀왔다"로 한 거. 가로로 읽는 거 말고 세로로 읽어야 하는 거.

　나는 어려서부터 가보지도 않은 북극이 그리운 애. 북극
은 걸어서 갈 수 있는 달이다. 세상 어디서든 북으로 향하면
북극점에 도달한다. 북극점에 이르러 북극의 북을 향해 한
걸음 더 디디면, 그것이 북극성일까. 어쩌면, 그것이 불빛일
까. 북극점에서는 세상의 모든 곳이 남쪽이다. 그곳에서는
한 번에 세상의 모든 곳으로 향할 수 있다. 그곳에서 세상의
모든 시를 시작할 수 있다. 옛 책에 더 정이 가는 건 흔한 얘
기. 흔한 말들로 세상의 모든 시를 만들 수 있다. 가로로 향
하는 거 말고 세로로 향해야 하는 거. 계속해서 모험 중인
상태인 거.

나는 연필깎이로 연필을 깎다가 네게 다가갔다

너한테 할 말 생각나서 왔는데 까먹었어, 라고 내가 말한다

그럼 다시 가서 연필깎이 돌려봐, 라고 너가 말한다

나는 다시 책상 쪽으로 가 손잡이를 잡는다 햇빛을 받으며 잡지를 넘기고 있는 너를 보며 손잡이를 돌린다 연필 깎는 일에 집중하면서 나는 정면의 책꽂이 쪽으로 고개를 돌린다

캐치-22의 상·하권, 알레프, 템페스트 등의 제목을 읽고 있는데 너에게 하려던 말이 다시 떠오른다 연필의 나뭇결이 수동식 기계 안의 칼날에 밀려 매끈매끈해지는 느낌을 받으며 나는 너에게 하려던 말을 떠올린다 그 말은 시시하기 짝이 없는 농담 같은 거지만 나는 너에게 꼭 해주고 싶다

나는 알아버린다 이 말은 너무나 시시해서 연필깎이를 놓고 너에게 다가간 순간 다 잊고 말 거란 사실을

이 말은 시시해서 안 해도 그만이다 이 말을 하고 안 하고는 우리 관계에 조금의 영향도 주지 못한다 이런 경우 너는 보통, 그러면 하지 마, 라고 하는 스타일이고 나는 보통, 그러면 해야지, 라고 하는 스타일이다 이런 차이는 태어날 때부터였을까 아니면 자라고 겪으면서 생겨난 걸까 나는 궁금하다 분명한 건 이런 차이는 스타일을 통해 드러난다는 것이다 그래서 나는 이런 때에 너는 어떤 스타일이고 나는 어떤 스타일이다, 식으로 말하는 것을 즐기는 편이다 너와 나의 다름이 스타일로 드러나는 바람에 나는 네가 좋다 스타일이 좋다는 건 뭔가 익숙하지 않은데도 알고 싶다는 뜻이다 너는 패션은 물론 말버릇이나 습관의 스타일도 좋다 이것이 네가 좋은 이유의 전부는 아닐 것이다 하지만 네가 좋은 이유의 전부에 이르기까지 거쳐야 할 단계임은 맞다 그래서 또한 전부이기도 하다

나는 지금의 생각들을 너에게 말하고 싶을 때도 있으나 너는 좀처럼 듣질 않는다

아무렴 무슨 상관이야, 가 너의 말버릇인데 무슨 상관이
있다고 생각하고 그것을 궁금해하는 게 나인 것이다 너는
상관이 없다고 생각하거나 상관은 있으나 따질 필요는 없
다고 생각한다

사실 모든 것들은 다 상관이 있으나, 네가 아무렴 무슨
상관이야, 라고 말하는 순간 모두의 상관은 희미해진다 그
상관은 너무 멀리의 별처럼 있으나 다만 보이지 않게 된다

책상 위 백지 위로 부러뜨린 연필심들이 동글동글 굴러
다닌다

네가 아무렴 무슨 상관이냐고 말할 때 나는 이 별을 지나
쳐 멀어져가는 하나의 혜성을 떠올린다 아무렴 무슨 상관
이냐고 말하는 사람에게는 무슨 상관에 대해 말하기가 좀
처럼 쉽지 않음을 안다 그런 사람에게는 그저, 그러게 대체
무슨 상관이길래, 라고 대꾸해주어야 한다 그러면 그는 만
족하며 웃기도 하고 나를 조금은 더 좋아하게 된다 그러니

나의 반응이라곤 그뿐인 것인데

　나는 달리 방법이 없어서 연필깎이를 들고 천천히 돌리면서 너에게로 다가간다

　너의 귓가에 연필깎이를 대고, 들어봐 듣기가 좋다, 라고 말한다

　너는 한심하다는 듯 나를 보더니, 그러네 듣기 좋다, 라고 말한다

　너로서는 그렇게 말하는 것이, 아무렴 무슨 상관이야, 에 속하기 때문이다 아니다 어쩌면 조금은 정말로 듣기 좋다고 생각했을지도 모른다 나도 너와 함께 있을 때면 정말로 그 밖의 모든 일들이 아무렴 무슨 상관이야, 라고 생각할 때가 있기 때문이다 나는 진심을 물어보고 싶지만 너가 뭐라고 말해도 나는 진심인지 아닌지 헷갈려 할 것이다 나는 묻지 않는다 나는 너의 마음이 정말 어떤지를 생각하는 걸 즐기는 편이다

고대인의 고뇌

    그는 오늘 밤 쓸쓸하다. 그는 지금이 신화가 될 수 있을지 고민한다. 그의 고민은 곧 극복될 것이다. 그는 곧 그의 고민이 쓸모없음을 알 것이다. 그는 주변 들판이 무너지는 모습을 떠올린다. 그는 달이 폭발하는 모습을 떠올린다. 그는 그 폭발을 뭐라 표현해야 할지 모른다. 그는 러시아를 떠올린다. 그는 또한 마땅히도 모스크바를 떠올린다. 그는 러시아와 모스크바를 뭐라 불러야 할지 모른다. 그는 일찍 잠든 그의 가족을 깨울까 생각한다. 그만둔다. 그는 일찍 잠든 그의 가족을 죽일까 생각한다. 그만둔다. 그는 그의 가족의 가족인 그를 죽일까 생각한다. 그만둔다. 그는 모든 것을 그만둔다. 그는 세상을 가득 덮는 연기를 떠올린다. 그는 코끝이 매운 느낌을 받는다. 그는 잠시 충격에 빠진다. 그는 충격에서 빠져나온다. 다시. 충격은 그저 지워진다. 다시. 그는 충격 이전으로 돌아간다. 그는 잠시 멍하니 있는다. 그는 그가 해야 할 무언가를 하지 못했다고 생각한다. 그는 그것을 곧 확신한다. 그는 그가 해야 할 무언가가 무엇인지를 추측한다. 그는 겨울을 생각한다. 그는 폭설을 생각한다. 그는 좀 더 추운 곳으로 가서 살아도 좋겠다고 생각한다. 그는 들

판 밖으로 걸어가는 자신의 뒷모습을 떠올린다. 자신의 뒷모습은 멀어질수록 점점 커진다. 점점 커지더니 그의 등은 밤하늘이 된다. 그는 밤에는 하늘이 너무 투명하다고 생각한다. 그는 하늘이 너무 투명해서 하늘 밖이 보인다고 생각한다. 그는 멍하니 하늘의 밖을 보고 있다. 그는 달이 사냥되기를 기다린다.

문을 두드리는 무일유이의 포크너

시닝크는 한편의 글쓰기를 자신의 전 생애로 착각하곤 했다. 그는 문장을 제대로 쓸 수 없을 때면 손가락 마디를 분지르기도 했다. 내 삶이 어떠해야 한다는 결벽을 문장을 통해 구현하거나 보상받으려 했다. 그게 아니고서는, 왜 그렇게 삶을 망치면서까지 한 줄 쓰기와 한 단어 고르기에 집착했는지 설명할 수 없다. 그의 산문에서 몇 문장을 발췌한다. '이 책은 사람들이 죽어가고 있다고 생각해요.' '나는 죽은 사람의 단어를 말합니다.' '죽음이 두려운, 곱게 미친 사람의 슬픔이 느껴집니다.' 시닝크의 서재, 그의 남겨진 저서들에는 페이지마다 엑스가 쳐져 있다. 유일하게 한 문단이 남아 있는 책의 제목은 문을 두드리는 무일유이의 포크너다. 윌리엄 포크너가 대학을 중퇴하고 고향에서 첫 시집 묶을 때를 포크너의 1인칭으로 그린 중편이다. 소설은 포크너가 친구의 집으로 달려가 문을 두드리는 장면으로 끝난다. 포크너가 문을 한 번 두드리면 반대편에서도 동시에 두드린다. 포크너는 이상한 느낌에 템포에 변화를 주어 문을 두드린다. 반대편에서도 이상한 느낌에 템포에 변화를 주어 문을 두드린다. 두드린다. 듣는다. 소설에서 시닝크가 남긴 한 문단이 지금의 이 글이다. 이 문단도 첫 문장에 줄이 그어져 있는 걸 보면 좀 더 지우고 싶었을지 모른다. 발췌한 문장을 통해 짐작건대, 한 문장이나 한 단어만 남기려 했던 것 같다. 시닝크를 위해 아직 살아남은 독자 중 누군가는 그 과제를 대리할 필요가 있다. 누군가 나에게 그 권한을 주어 한 문장을 남긴다면, '왜 그렇게 삶을 망치면서까지 한 줄 쓰기와 한 단어 고르기에 집착했는지'이다. 시닝크에게 시간이 더 있었다면 여기서 다시 남겨야 할 한 단어 때문에 고민했을 것이다. 아마도 쓰기와 집착 중에서 무엇도 고르지 못한 채, 그 갈등으로 족히 한 권은 더 썼을 것이다. 저자가 남겨야 할 한 단어, 그것이 그가 살았던 이유이고, 써야 했던 이유이고, 그리고 펜을 붙든 채로 반드시 죽어야 했던 이유이다. 갈등을 품고 죽은 자에게는 그것이 죽어서도 계속되는 지옥이기를. 죽어서도 써야 하기 때문이다.

유사한 사유

월세로 쓰던 아버지의 사무실

재계약을 하지 못했다

새로 알아본 곳들, 처음 계약이 틀어지고

두 번째 계약한 곳으로 이사했다 문제는

처음 곳에서 가계약금 30만 원을 돌려받지 못한 것

이 돈은 어머니의 기도 주제가 됐다

정말 받을 수 있는 건지 알아보세요, 법률 상담을 받거나

부동산이라도 가보든가

내가 똑똑한 척을 해도

어머니는 아침마다 기도하고는 돈을 받으러 갈 뿐이었다

그는 스포츠용품점을 운영하는 오십 대

순순히 주겠느냐고 나는 이죽댔지만

어머니는 그에게 웃으며 찾아갔고 웃으며 돌아왔다

그렇게 일곱 번을 찾아가 두 번에 걸쳐 15만 원씩, 결국

다 받아냈다

문제가 생기면, 나는 생각을 하고 어머니는 기도를 한다

좀처럼 답이 나지 않으면, 나는 '시간이 더 필요하다'고

하고 어머니는 '영적으로 약해졌다'고 한다

답을 찾으면, 나는 '이제 알겠다'고 하고 어머니는 '응답을 받았다'고 한다

어쩌면 기대와 달리 나는 주워 온 자식이 아닐지도 모른다

어머니에겐 기도 자체가 생각인 것 같다

나에게 생각 자체가… 염원이자 기도가 아니었다고 말할 수 있을까

확언에 이르기까지 나에겐 시간이 더 필요하다

그 시간이 지나고 나면, 나는 '알겠다'고 말할까 '받았다'고 말할까

한 손에 '알겠다'와 다른 한 손에 '받았다'를 두고 두 손을 모은다면

그것은 생각일까 기도일까

나도 어려선 어머니를 따라 교회에 가고 기도도 했다

다른 어린이들이 눈을 감고 있을 때

몰래 한쪽 눈을 뜨고 그들을 살펴봤다

그것은 마치 윙크 같았다

오수午獸

낮잠을 자고 일어났을 때
대책 없이 슬프고 허무함이 생긴다면
잠의 호랑이가 당신의 삶 일부를 물어갔기 때문이다

당신의 친구를, 잊지 말아야 했을 추억을, 다가올 미래에
대한 약속을
잠의 호랑이는 천장을 거꾸로 밟고 어슬렁어슬렁
거멓게 기어 와서는 목을 늘어뜨려
당신의 삶 일부를 물어뜯는다

누군가는 놀라서 깨기도 하지만
대부분은 그대로 곤히 잠들어 있다가
필요한 잠을 다 채우고 나서야 깨어난다

어린아이가 잠에서 깨어나 엄마부터 찾는 이유는
잠의 호랑이를 느낄 만큼 예민한 나이이기 때문
별로 물어갈 만한 삶이 없는 아이의 곁에서
호랑이는 위협적으로 으르렁거리다 사라지곤 하는데

그건 그저 호랑이의 유희일 뿐이다

오후 세 시,
당신은 낮잠에서 깨어나 한동안 멍하니 앉아 있다
순간 자신이 몇 살인지 잊고 울면서 엄마를 찾을 뻔했으나
금세 어른의 시간에 놓여 있는 자신을 알아챈다

당신이 베어 물린 게 어느 부분인지
아무리 떠올리려 해도 생각나지는 않는다
당신은 저녁의 거리를 걷다가, 어제까지 함께 웃으며 얘
기했던
친구나 연인을 전혀 알아보지 못하고 스쳐 갈 것이다
어깨를 부딪치고는 짜증낼지도 모르지

이것이 당신이 오늘 쓸쓸함을 느낀 이유다
그렇게 잊혀진 친구나 연인은 살아 있기나 한 걸까
그들은 살아 있을 것 같다 그러나
이제 그것이 당신과 무슨 상관이겠는가

잠의 호랑이는 사람을 점점 허공에 가둔다
당신은 낮잠에서 깨어났을 때의 불쾌감 때문에
다시는 낮에 잠들지 않겠다고 결심하기도 하지만

나날은 결심을 잊게 하고 낮은 매일같이 길다
오후 두 시,
당신이 꾸벅꾸벅 고개를 떨굴 때
방의 모서리에서 어둠이 고인다

오 아 오

크리스마스에 우리 교회로 놀러 와

네가 나에게 말했다
연극이며 노래며 많이 연습했다고

작은 교회였고
초대받은 사람은 나까지
둘 아니면 셋

마지막 다 같이 노래 부르는 사람들이
얼마 안 되는 관객을 너무 바라봐서
나는 내가 공연을 하는 사람이 된 것 같았다

기다란 교회 의자에 혼자 앉아
앞 의자에 달린 좁은 책 받침대 위에
손을 올리고 경청하는 사람의 역할

네가 많이 웃어서 기뻤다

눈 마주치면 나에게 뭐라고 하던 입 모양
오 아 오
물방울처럼
떠오르다가 퐁 터져버린 말이
나는 지금도 궁금할 때가 있다

벙어리장갑 나누어 끼고 거리를 걷다가
언 손등을 입김으로 녹이며
내가 하려던 말과 같을지도 모른다

나는 눈병이 자주 나니까
알 듯 말 듯한 말로도
너에게 감동을 줄 수 있다고 믿었다

넌 너무 불안해
어쩌다 어깨를 툭 치면
주저앉아 울 것 같아

이런 말로도
충분하다고 여겼던 건
내가 열여덟이었기 때문이다

나는 지금 너의 결혼식
둥그런 탁자에 친구들과 둘러앉아서
혼자 눈을 깜빡이던 교회 의자
딱딱하고 매끄러운 감촉을 떠올린다

너와 눈이 마주치면
나도 웃을 것이다, 그리고
오 아 오
그날의 너의 입 모양을 따라 해야지

그 말은
몰라도 되는 말이었다
그 말은
알아도 달라질 게 없는 말이었다

젖은 가지들

사과를 반으로 나누는 것에 대해 생각한다
반을 타인에게 건네는 것을
나머지 반을 나에게 건네는 것을
이 둘이 동시에 일어난다는 것을

구멍가게에서 껌을 훔쳤을 때
이층집 누나의 벗은 몸을 봤을 때
그 두근거림 때문에 나쁜 짓에 홀려서
골목을 꺾을 때마다 따귀를 맞으면서도
살고 싶었다 낮이면 부모들이 없는 동네에서

가능했을 것이다 명문고에 진학하는 것이
가능했을 것이다 신학대를 가고 성직자가 되는 것이
가능했을 것이다 성공한 사업가가 되어 차를 끌고
배가 불러오는 여자의 곁으로 돌아가는 저녁이

이런 일들은, 생각하면 할수록 웃음이 터질 수밖에
그런 이들은 어디선가 살고 있고

나는 그들을 좋아한다
그들과 사과를 반으로 나누어 먹고 싶다

눈이 내린 사과나무밭
다 비슷비슷해 보이는 나무들
눈이 내리고 녹고, 검게 젖은 나뭇가지들
가능했을 것이다 수많은 가지 중 다른 하나를 잡는 것이

잠에서 깨어나 여러 날 중의 하루를 맞이한다
나는 식탁 위의 사과에게 아침 인사를 하고 싶어진다

안녕? 아침은 늘 좋은 아침이다

라신

방첨탑方尖塔을 찾아가
예배를 드리거나 눈멀고 싶었다

조용히 눈물 흘리고 떠났지

발자국 따라 돌아가는 길
흐려진 발자국 따라 흐려지는 길

까마귀가

한 마리 두 마리
그렇게 시작해서 천 마리가
울기 시작하는 흰 나무 숲

말하지 않으려 했지만 자작나무 숲

그곳을 지나다 문득 생각한다

바람이 멈추면

바람을 잊을 것이다

잔잔한 물결처럼

이마에 닿은 햇빛은 부드럽다

숲은 햇빛에 서서히 얼어간다

그것은 깨달음 같았고

정말 푸른 하늘에

처음 생긴 구름처럼 슬펐다

달과 북극

일호선 전철을 타고 참 많은 한강을 건너다녔다
어떤 날은 문가에 기대어 창밖을 바라보는 나를 본다
의자에 앉아 졸거나 책을 보거나 음악을 듣거나

이런 것들은 환상이지만
다가가서 악수를 건네기 전까지 그것은
정말로 있는 것이다

너는 왜 애가 가만있질 못하니
집중을 잘 못 하고 산만한 편입니다
가끔 혼자 멀리 딴 데를 봐요
어려서부터 들었던 흔한 얘기들

언젠간 북극에 가서 유리병에 오로라를 채집할 거야
혹은 달에 가서 남은 생을 보낼 거야 그런데 가다가 죽을
지도 몰라
나는 죽으면 책이 될 거야 여백이 가득한
어려서부터 했던 흔한 얘기들

그리운 것들이 많다 이 많은 것들에 대해
말하지 않아도 슬프지 않을 때까지
우선은 살아볼 생각이다
무언가가 그리운 건 참 소중한 일이니까

전철을 타고 십 년간
달과 북극을 오갔다

그리워하기 위해 떠나는 거야
그리워하기 위해 나를 떠나는 거야?

전철 문가에 기대어 창밖의
강물이 흘러가는 걸 바라보는데
네가 나에게 다가오는구나
천천히 올라오는 너의 오른손을 본다

입

인부들의 기계가 콘크리트에 구멍을 뚫는다 굵은 쇠 봉이 진동하는 기계, 저것으로 내 입도 만들었다 나는 입이 없는 아이였는데, 흰색 안전모를 쓰고 야광봉을 든 인부들이 잠든 나를 찾아왔다

야간작업이야, 말하며 쇠 봉을 입이 있어야 할 자리에 올렸다 전원을 켜자 뇌가 진동하며 정신을 잃었다 아침에 일어나 새로 생긴 입에 감탄했다 입술도 자리를 잡아갔다 혀는 아직 새싹 같았다 치아는 없었고 나는 빈 잇몸으로 딱딱거리는 흉내를 냈다 딱딱, 손가락을 튕겨 소리 내며

남을 웃기는 말을 하면 잇몸을 찢고 이가 올라왔다 감동을 줄 때도 그랬다 아프지만 멈추고 싶지 않았다 젖니가 빠졌다 두 번째 이가 올라올 때는 아픔이 없었다 사랑니가 올라올 때에야 다시 아팠다 멈추고 싶었지만 멈출 수 없었다 사랑니까지 생기자 내 말들이 싫어졌다 나는 숲을 떠돌며 흙으로 입을 채웠다

밤이면 거울 앞에 선다 셔츠를 벗고 몸에 뚫린 구멍들을 본다 그들은 천사일 것이다 아니다 그들은 악마일 것이다 아니다 그들은 성실한 노동자일 뿐이다 기분이 좀 나아진 다 테이프를 돌려 입을 막고 자리에 눕는다

보리와의 식사

개가 없으면 가족이 모여도 밥을 못 먹는다
그릇에 얼굴을 넣고 있는 보리를 보며 우리는 수저를 든다
나는 아버지의 유리컵에 맥주를 따르고
일 년 전엔 떠돌이 개였던 보리는
앞발로 내 무릎을 톡톡 친다
처음 만났을 때 밥에 참치를 비벼준 아버지를 좋아한다
어머니는 내보내라고 재촉하더니
동물병원에 세 번째 데려간 날 말했다
이제는 아무 데도 보내고 싶지 않아요

어머니는 밥 먹는 풍경을 동영상으로 찍어
호주에 있는 여동생에게 메시지 전송을 한다
어머니는 하루 종일 채팅창을 들여다본다
여동생의 웃는 사진을 보며 돌아오지 말라고 중얼거린다
아버지가 교통사고로 머리를 다쳤다는 사실을
알게 된 건 내가 스무 살이 넘어서였다
여동생은 집을 떠나고 나서 우울증에서 벗어났고
아버지는 아주 오랜 시간을 맨정신으로 보냈다

어머니는 지난 삶을 버티게 한 신앙심을 다소 내려놓았다

나는 이 긴 시간이 두려워진다
슬픔은 어떤 형태로든 다시 찾아올 것이다
나는 그것이 죽음이길 바란다
누군간 죽을 것이고
슬픔을 밀어내려 교묘히 찾아낸 힘의 균형이
무너질 것이다
제일 먼저 보리가 죽어야 한다 그다음
아버지가 죽어야 한다 그리고 어머니가 죽고
내가 죽은 다음 얼마 후 동생은 호주에서 죽을 것이다
그럭저럭 해피엔딩이다

노을

노을이 가득한 교실에서
애들한테 둘러싸여 따귀를 맞는다
붉어진 뺨, 그런 건 아무래도 좋다

너는 이해해야 해 너를 때린 애가
왜 너를 싫어할 수밖에 없는지를

한 녀석이 걱정스럽게 해준
충고를 생각하며 해 질 녘을 걷는다
운동화 질질 끌면서

Side B

탄誕

재로 빚은 나의 아이들아
너희는 죽으면
불로 돌아간다

리시포스

네가 가장 중요하게 여긴 것은 작품이 작가를 고문하는 지의 여부였다. 너는 작품에 대해 어떠한 환상도 갖지 않았다. 너는 때로는 희랍어로 생각했다. 독일어나 투르크어로 생각하고 그것을 한국어로 잇기도 했다. 신라의 언어로 기록하고 진泰의 억양으로 읽었다. 너는 작품까지의 과정을 작업 성질 쇠약 열정 긴장 등으로 불렀는데 공간이라는 말을 무엇보다도 많이 썼다. 너는 공간이 너의 신경계가 되어가는 게 조각이라고 했다. 그것이 드러날수록 너는 고통스러웠고 막바지에 이를수록 모질게 내리치고 비명 질렀다. 너는 너에게 가혹한 이들을 좋아했다. 채찍과 달군 쇠를 들이미는 이를 너는 사랑했으나… 그것이 허용된 이들이 많지는 않았다. 너는 19세기 말 키시나우에서 태어나 20세기 초 교토에서 성장했다. 21세기 말 뉴욕에서 활동했고 22세기 초 하바롭스크에서 죽었다. 너의 작품은 폭풍이 휘몰아쳐 깎아낸 것 같기도 했다. 너의 생애는 그 폭풍에 산산이 부서진 것 같기도 했다. 너는 망치와 정과 끌을 들고 신음하며 최대를 수행했다. 너의 신음과 비명은 언제나 현재로 가득차 있었다. 해방을 마치고 다시 해방을 열망하는 너는 예술

가로 철학자로 그리고 무엇보다도 아이돌로 지금, 여기로, 되돌아온다. 너는 전조한다. 너는 전염성이다.

젯소

    그릇이 작다느니 크다느니는 개소리에 불과하다 내 그
릇은 깨진 지 오래, 남이 걷어차서 깨지기도 했고 내가 내
성질 못 이겨 깨버리기도 했다 아주 조각나서 복구가 불가
능해지자 내 그릇은 무한대가 됐다

검은 사슴

풍향계는 나의 나침반. 삶은 순식간에 벌어진다. 화살표의 끝을 참조한다. 나의 코끝이 보인다. 흰색 퍼지 슬리퍼에 매직으로 그린 나이키가 흐려질 즘, 지구의 마지막 장례식에 참석할 예정이다. 지구에 다른 이름을 붙인다면. 복도. 마대를 밀었을 뿐인데 복도 위로 눈물이 떨어진다. 내가 일으키는 작은 혁명은 그 위를 마대로 다시 미는 것. 질투는 나의 힘. 너의 질투도 나의 힘. 내일 하루는 하느님을 믿을 것 같다. 삼각형 내각의 합은 180°와 같다. 모든 같다로 끝나는 문장에는 아마도가 생략된 것 같다. 내가 나를 잊을 때까지 온갖 종이를 다 찢고 싶다. 노트, 지폐, 청구서, 책, 편지, 잎, 내가 나를, 잊을, 때까지. 상처는 순식간에 벌어진다. 뒷골목 허름한 원룸으로 들어가 바나나 먹고 잠드는 주제에. 양말은 벗고 자니? 실내화를 놓고 가면 맨발로 교실을 다녀야 했다. 초라한 피사체. 양말은 검게 반들반들해지고, 양말 바닥은 심연과도 같고, 추측하자면 그렇다는 뜻이고. 그런 애들이 서넛만 모이면 다분히 심연들이었다. 수면과 바닥은 순식간에 벌어진다.

조회 시간

교장 말이 길어지면 쓰러지는 친구가 고맙다 교장은 당황하고 급히 마무리 지으려 한다 말이 막히면 굴하지 않는다는 말로 이어간다 격앙된 목소리로 더듬으며 굴하지 않을 것이며, 말하면 박수가 나오기도 한다 교장은 훌륭한 사람이라도 된 것처럼 미소를 보인다 조회는 끝나고 나는 햇빛에 굴한 친구가 고맙다

쓰러진 친구는 양호실에 누워

나는 양호실에 누워 창문에 달라붙는 벌을 본다 여기엔 꿀이 없어 꽃이 있는 곳으로 가거라 아무리 인자한 척 말해도 나는 햇빛에 쓰러진 중학생일 뿐이다 양호실 문이 양호실로 이어지면 좋겠다 여기서 두 시간 자고 저기서 두 시간 자면 된다 앞뒤 양쪽을 연필깎이에 넣고 손잡이를 돌린 연필처럼 양호실이 문의 앞뒤로 있으면 좋겠다 양쪽을 깎은 몽당연필이 서랍에 가득하다 서랍을 열면 굴러다니는 연필이 보인다 서랍을 닫으면 굴러다니는 연필이 들린다 연필이 서랍에 가득하다 아무리 간직해도 몇 개는 잃어버리기

마련이다 굳이 버릴 필요가 없다

안 쓰러진 친구는 교실로 들어가며

나는 교실로 들어가며 쓰러진 친구의 영웅적 행동에 대해 생각한다 덕분에 조회 시간이 오 분은 줄었다 아니다 십분은 줄었다 아니다 조회 시간은 계속됐을 것이다 교장은 누군가 쓰러져야 조회를 끝낸다 교장을 존중한다 그도 외로운 것이다 사춘기 소년들이 늘상 그러하듯 그도 외롭지 않겠는가 수백 명 학생들을 모아놓고 중얼거려야 할 만큼 그가 가진 외로움의 크기는 막대하다 그게 어른이다 그를 존중한다 그도 사랑받아야 하는 존재다

아무꽃

페이지는 책의 아무 쪽이나 잡아 뜯었다 그의 주먹 안에서 쥐어진 종이는 꽃이 되었다 꽃을 만들려고 하지 않았다 꽃을 망치려고 하지 않았다 쥐고 놓을 뿐이었다 페이지의 꽃은 어느 곳에 던져도 잘 자랐다 원래 그곳에 있던 꽃처럼, 화분에 담기거나 블록 사이에 자리 잡았다 때가 되면 지기도 했다 페이지의 꽃은 여느 꽃과 다르지 않았다

페이지는 주먹을 쥐고 펴지 않았다 한 번 쥐고 절대로 펴지 않았다 왜 그래 페이지 손 한번 펴봐 사람들은 페이지를 다그치기 시작했다 페이지의 마음은 다치기 시작했다 페이지는 글썽거렸지만 눈물 흘리진 않았다 왜 그래 페이지 손 한번 펴봐 페이지는 고개를 저었다

페이지는 지금 혼란스럽다 페이지는 지금 죽어가고 있다 페이지는 이제 더 혼란스럽지 않다 이미 죽을 대로 죽었기 때문이다 페이지는 죽은 사실을 잊은 사람처럼 보인다 하지만 잊지 못했을 것이다 페이지는 죽어서도 손을 펴지 않았다 공원 벤치에 앉아 죽어 있는 페이지의 주먹을 한 사

람이 펴보려 했다 두 사람이 소리치며 못 하게 했다 세 사람
이 펴보려 했다 네 사람이 소리치며 못 하게 했다

　그사이 하나둘 소도시를 떠났다 그사이 하나둘 소도시
에서 죽었다 페이지의 주먹을 기억하는 이는 이제 혼자다
그는 한때 손을 펴보는 것에 찬성했다 또 한때는 반대하기
도 했다 페이지의 주먹을 기억하는 사람은 이제 그뿐이다
혼자가 되자 그의 안에서 모든 의견이 사라졌다 그는 페이
지의 주먹을 펴본다 그의 손이 닿자 페이지의 주먹은 부서
진다 바람에 흩어진다 공원에는 아무 꽃이나 피어 있었다

작은 것들의 박동

천장에 달린 모빌이 날갯짓 한다
창밖 어스름 빛, 나비는 저녁으로 날아간다
엄마는 갓 난 나에게 소매가 긴 옷을 입혔다
작은 손으로 소매를 쥐며 벗으려 애쓰면
손가락 사이가 끈적거리는 기분

누나가 오성별 그리기를 가르쳐준 날
내가 못 따라 한다고 화냈다
찡그려도 소용이 없던 소녀의 눈매
내 손을 잡고 같이 그려주던
손과 손바닥과 손끝

어려서 들었던 최초의 명언은
네 마음만 있니? 내 마음도 있어, 였다
그 친구와 싸우다 무심결에
팽이 끝으로 어깨를 찍었다
끅끅 울면서 하던 말이라 잊지 못하는데
싫으면 시집가와 함께 꽤 멋진 말이다

내가, 유치해?

그래서 찬란하지

나는 미시미시한 세계의 미시미시한 사람

너에게 극명한 세계를 보여주려고 왔어

폭설 여우를 가슴에 안고 먼 곳에 도착했다

여우는 눈 속에서 눈만 내놓고

집으로 돌아가는 나를 보고 있다

나에게, 줄래?

책 읽어주며 나보다 더 푹 빠진 엄마를

눈매를 따라 걸어가면 눈동자

그곳에 잠긴 어쩔 수 없는 소녀를

나는 어제 눈사람이었다

우리 아버지는 랍비인데

내 꿈은 부처님의 제자가 되는 거였다

아버지는 그런 나에게 반야심경을 선물했다

내 생각에 그는 좋은 사람
집에 돌아오는 나의 어깨에
쌓인 눈을 그가 털어주었다

난 너와 함께 보고 싶다
자작나무 껍질이 벗겨질 때의 뾰족함
처음 돋아나는 실뿌리의 간지러움
눈이 나에게 닿아 녹을 때의 느낌
나에게, 줄래?
내가 올 때까지 모나미 펜으로
수첩을 칠하는 첫사랑 여자친구를

별 하나 없는 밤과
그 손목의 스냅을
날 생각하는 그녀 머릿속의 시냅스와
결국 빛보다 빨라진 오늘의 나를
너의 수첩 속에서 기다리고 있었어
새까매진 너를

껴안고 껴안아서 밤이 올 때까지

지금도 손가락 사이가 끈적거린다
실은 물갈퀴가 있던 흔적인데
엄마 배속에서 다 핥아 먹었다
그랬니? 그랬어
알아? 알아
발가락 사이까지 모두 먹으면
나는 태어나는 거야
나는 또 한 번 웃을 거야

🌙 빛보다 빠른 오늘의 너에게. 이제니.

없는 가능성

—당신이 없을 가능성은 없는 것으로

90년대의 어느 날, 봄도 좋고 여름이어도 좋다. 가을과 겨울은 아니라고 하자.

월미도 종점에서 버스를 타는 남녀.

남자는 타이어 쪽 의자에 쪼그려 앉는다. 여자는 맞은편의 한 칸 앞에 앉는다. 여자가 말한다.

왜 굳이 거기에 앉아요?
여기가 편해서요.
쪼그려 앉아야 하잖아요.
그게 좋아서요.

남자는 서류 가방을 끌어안고 웃으며 말한다. 여자의 꼰 다리 위로 햇살이 비춘다. 여자는 긴 머리를 뒤로 넘기며 웃는다. 이어서 말한다.

정말 이상해.

아직 대기 중인 버스에는 그들뿐이다. 남자는 일어나서 서류 가방으로 배트 스윙을 한 번 한다. 두 번을 더 한다. 여자가 말한다.

다시 가서 좀 더 치고 올래요?
그래도 돼요?
저는 집에 갈 거고요.

남자는 웃는다. 앉으면서 말한다.

그럼 안 갈래요.

둘은 각자 창밖을 본다. 다른 사람들도 하나둘 들어온다. 버스가 출발한다. 오후, 세 시 십 분에서 네 시 사십 분 사이. 다른 시간의 가능성은 없는 것으로.

프로젝터

선풍기의 소음. 물이 똑똑 떨어지는 싱크대. 당신은 창밖을 본다. 반쯤 열린 창문에겐 반쯤 열린 창문의 영혼이 있다. 당신은 여름밤을 들이마신다. 폐까지 덥고 미끌미끌한 기분이다. 당신은 창문을 닫는다. 밖의 불빛들이 방 안을 흐릿하게 비추지만. 그래도 어두운 방. 당신은 이만큼의 어둠을 고민한 일이 있다. 당신으로선 그만큼의 빛을 고민한 것이기도 하다. 창문은 눈동자처럼 검다. 반쯤은 밖을 보고, 반쯤은 뒤를 보겠지. 당신은 눈사람이 되고 싶어 했다. 솔직히 말하면 유치한 사고방식. 사라진 친구를 겨울마다 기다린다는 영화, 기억하는 모양이지만. 오늘은 빛사람이 되는 생각을 처음으로 했다. 하이라이트처럼 쏘아지는 사람. 크리스마스트리처럼 서 있는 사람. 빛사람은 바닥을 태울 수 있지 않을까. 알 수 없는 일이지만. 당신의 관심은 온통 바닥을 죽이는 일, 그것에 가 있는 요즘이다. 눈사람은 녹으니 눈에 파묻히는 게 좋다고 생각해왔다. 빛사람도 사그라지느니 빛에 파묻히는 게 좋지 않을까. 이 모든 게, 창문을 닫고 밖을 조금 보다가 스위치로 손이 가는 동안 스친 생각들. 어쩌면 내 삶은 거꾸로 재생되고 있을지 모른다. 지나간 날

들이 모두 어제 같은데 정작 어제 일은 기억나지 않는다. 당
신은 고개를 젓는다. 스위치를 켠다. 빛이 뭉개진다고, 중얼
대면서.

입술을 스치는 천사들

유리컵에 차가운 레몬차를 따른다 얼굴을 찡그리게 하는 맛 피부에 빛을 새기는 맛 잉크가 다한 펜촉으로 백지를 긁는다

누가 이렇게 낙서했니 하나도 안 보이는 글씨로? 더듬으면 읽을 수 있어요 손끝이 없는 아이가 말했다 손이 왜 그 모양이야? 잘라서 물었어요 다시 자라는 게 아닌 걸 알았을 때도 씩씩하게 밥 먹고 친구들이랑 놀았어요 아무리 기다려도 손끝에서 싹이 나지 않는 걸 알았을 때는 하루 종일 펑펑 울었어요

좋았어요 울고 싶은 날들이 많았거든요 손끝은 모두 천사가 됐을 거예요 아이는 썩은 사과를 걷어차며 말했다 초파리들이 날아올랐다

목두기

내려가 있는 변기 뚜껑을 올리려 할 때
사람 머리가 들어 있을까 봐 무서울 때가 있다
그 얼굴이 나일까 봐
나인데도 아무렇지 않을까 봐
조용히 다시 뚜껑을 덮고 그 위에 앉아
고개를 끄덕끄덕할까 봐 무서울 때가 있다
여러 얼굴 틈에서 끄덕끄덕해야 할 때
안 해도 되는데 그저 습관처럼
의자에 앉아 늙은 교수의 넋두리를 들으며
끄덕끄덕 계속할 때
내 엉덩이 아래 물에 반쯤
잠겨 있는 머리를 생각한다 젖은 머리칼
사이로 보이는 감은 눈 떨리는 눈꺼풀

머리도 없이 끄덕끄덕하는 사람은
부르르 떠는 것처럼 보이기도 한다

원 바운드

땅으로 떨어지는 볼을 하나도 블로킹하지 못하는 포수. 투수를 불안하게 하는 포수. 그래도 끝까지 바운드 볼을 요구하는 포수. 스스로를 정말 믿는 포수. 투수로 하여금, 그래 이번엔 정말 블로킹하겠지, 믿게 하고 결국 또 속게 하는 포수. 투수는 말한다. 내 이럴 줄 알았어. 이번엔 조금 믿었다는 뜻이다. 투수는 포수를 원망한다. 포수는 투수를 달랜다. 직구처럼 과묵하게. 괜찮아 별일 아냐, 라는 뜻의 손짓. 다음번엔 잘하자. 너무 낙천적인 포수. 이 팀에 포수는 단 한 명. 팀은 이 포수를 빼지 못한다. 이 팀의 약점은 포수다. 포수의 약점은 블로킹 능력이다. 그러므로 이 팀의 약점은 블로킹 능력이다. 이렇게 포수는 팀을 대표하는 선수가 된다.

바운드 볼을 던져라. 바운드 볼은 바닥을 죽이고 튀어 오른다.

Side C

도요새

동생은 밥숟갈도 들지 못하고 울고 있었다. 아빠는 방에 있는지 밖에 있는지 보이지 않았고, 왜 우냐고 엄마가 아무리 물어도 동생은 말이 없었다. 나는 동생에게 왜 우는지 알려달라고 했다. 동생은 말이 없었고 나는 동생의 어깨를 잡고 흔들며 빨리 말하라고 했다. 그제야 동생은 대답했다. 안경이 없어서 운다. 안경이 없어서 운다. 나는 팍 서러워졌다. 내 동생이 안경이 없어서 운다니. 나는 동생을 데리고 외출했다. 가까운 안경원으로 가자. 어깨를 토닥이며, 오빠가 안경 사줄 거니까 걱정하지 마, 말했다. 동생은 울음을 조금 멈추고 고개를 끄덕였다. 걸으며 기도했다. 안경이 이유의 전부이게 해주세요.

영화 제목 궁금해요

1990년 즘의 영화일 겁니다
어려서 본 영화라 다시 보고 싶은데
줄거리만 생각나고 제목은 기억이 안 나요

주인공 소년은 다른 세계로 가게 됩니다
동화 나라 같은 곳에서 인간과는 다른 존재들을
만나고 그들의 왕국에서 살게 되죠
소년은 그곳에서 복잡한 사건에 휘말리고
집으로 돌아가고 싶지만 쉽지 않습니다
재밌는 설정은, 무언가를 간절히
원하면 이뤄진다는 것입니다
그런데 소원이 이뤄질 때마다
현실 세계에서의 소중했던 기억을 잊게 됨을
나중에 가서야 깨닫게 되죠
마지막에는 부모님의 이름도 잊게 됩니다

소년은 도망치기 위해 성벽을 오르는데
디디거나 잡을 것이 필요해 소원을 빌게 됩니다

소원은 이뤄지고 그것을 잡고 오르며
스스로에게 묻죠, 무엇을 잊었는지를

사촌형 집에서 졸음과 다투며 봤던 기억이 나네요

인력개발

시구문을 지나는 수레가 있다

길고 좁은 삽관揷管 같은 곳에서

밤길은 긴 밤길이 되고

시간은 느린 수레보다도 느리게 흐른다

돌을 밟아 덜컹거리니

끄는 이는 뒤를 한번 돌아본다

그는 표정이 없고

실린 이는, 아직 죽은 이가 아니야

숨이 점점 차분해지는 모양이

죽을지 살지, 아직 모르겠는

*

이른 아침의 꿈이 나를 괴롭힙니다
시멘트 벽돌 토사 파이프를 지고 현장을
오르고 있군요 밑이 어둡고
어깨 풀 새라곤 조금도 없지만
생겨나는 계단을 무진장 밟으며
가족이 다 지어지는 날을
기다리고 있었나 봅니다

물고기 꼬리 야자의 그림자가
손바닥 위에서 흔들립니다
멀리 서해의 일몰로 눈을 옮기면
가족 중 누구도 춥지 않고
난 지 한 해가 못 된 새끼 두 마리가
번갈아 짖습니다 이 모두가 꿈만은 아닐 거라고

꿈에서 생각했던 모양입니다

*
*

팔이 없어질 것 같아요 어깨가 없어질 것 같아요 저는 무한히 늘어날 것 같아요 소수점의 아래로요 꿈에서 깨면 시도 공부도 다 그만할 것 같아요 저는 더 이상 읽을 수 없습니다 곱게 자란 새끼들이 곱게 쓴 시들 저는 더 이상 믿을 수 없습니다 모두의 아파트가 지어지고 현장이 시마이 될 거라고 저는 더 이상 바랄 수 없습니다 반나절 만에 해치울 꿈의 야리끼리를

지금 이것은 이날이 쓰고 있지 않습니다 김재민이 쓰고 있어요 그가 너무 고와 보여서 패 죽여버렸거든요 김재민은 쥐어터지지 않고 큰 날이 없는데 이 새끼는 너무 고와서… 참지 못했어요 그의 멍청한 문장 몇을 찾아봅니다 자기 날개를 땅에 묻는 천사의 눈물, 좋습니다 아주 한심하죠? 검정 펜으로 빈틈없이 지우고 쓸 만한 문장을 하나 남

겨 주죠 천사를 죽여 땅에 묻고 그 날개를 찢어 도망치던 날

이날은 오렌지 판타가 자기 삶을 바꿔줄 거라고 믿었답니다 그 맛이요? 아뇨 그 빛깔이요 이날은 날붙이를 베고 자면 시가 늘 거라고 믿었답니다 그 서늘함이요? 아뇨 그 빛깔이요 이날은 뭍에 죽고 뭍에 나길 거듭하는 게 진화라고 믿었답니다 그 빛깔이요? 아뇨 그 심연이요

    *
    **

괴로움이 자리한 몸을 모르는

죄 혼란스러운 새벽

깊은 밤, 죽을 만큼 맞았고
거적에 쌓여 수레에 놓여
시구문을 지난다

멀리 실오라기 같은 빛과
밤과 구분되지 않는 남자의 등
가눌 수 없는 몸에는
원망도 희망도 남아 있지 않아

수레가 흔들려도
통해 오는 감각이 없어서

나는 허공을 떠가는 것이다

**
**

아직 마음먹지 못했지

내 숨 꼴을 봐
내숨꼴을봐

말부터 잊으리라 그러나, 다시 내 몸,

제비꽃 무더기 사이

구멍에서 태어난 빛이

날개를 펼친다

형질을 획득한다

죽은 뱀과 허물

너는 주인공에게 복수당한다 그 방법은 살해이다
너는 약속을 어겼다 이간질했다 사람을 무시했다
사람은 고통스러웠다 그 고통은 크거나 작다
사람은 죽거나 살아간다 사람은 이겨내거나 잊어야 했다
또는 인생이 더 나빠져야 했다

너는 주인공의 목적이자 대상이 되었고 반동 인물로서
의 자격이 생겼다
너는 기도문을 외운다 누군가의 죄를 사하여준 것같이
나의 죄를 사하여 주옵시고라고 한다

주인공은 서로를 잠시 보다가 너와 삶은
어울릴 수 없다고 결론을 내린다
주인공은 실천주의자이자 실용주의자이며 죽음을 연습
한 일은 없다

주인공은 읽힌다 독자로부터 주인공이
읽히는 동안 너는 연속해서 죽는다

주인공1이 독백한다 조각 나면 아픕니다

주인공2가 독백한다 다져지면 의식이 사라집니다

주인공3이 독백한다 빻아지면 숨이 끊어집니다 아니 그 전부터일까?

주인공4가 독백한다……

주인공에겐 별다른 감정이 없다

의무감만이 주인공의 내면을 가득 채우고 있으며

약간의 슬픔은 있을 수 있다

。· ▷◁▷◁°°·

암흑천지에
깜빡이는 눈알 두 쌍
손잡고 끌어안고 걸어갔어요

이 지방은 갈 결 봄이 밤이고
검말채나무 고갱이나무 무진밤나무
밤에도 잘 자라는 것들의 숲이 있습니다

숲의 안쪽
나무는 춤을 추는데
이 지방은 달이 뜨지 않는 곳
은은하게 보일러 끓는 소리가 나고

눈알 두 쌍은 언덕을 오르며
이곳이 달이어도 말이 된다고
서로에게 말해줬어요

그렇지? 그렇지

밤은 우주와 닮았고
실은 우리도 우주처럼 보인다

그중 누군가 이렇게 말했고
둘은 두려운 마음이 잠시 사라졌습니다

휘— 휘적 날아가는
빛의 나비 두 마리

당신과 나는 한 뼘, 내 눈과 내 깊은 곳은 1파섹

특별한 사람이 될 수 없다면
이상한 사람이 되고 싶었어
하지만 나는 다정하고 질투가 많아요
너한테 사랑스러울 것 같아

이건 무슨 꽃이야?
모르면 그냥 지어주면 돼
망고로드플라워 생크림폭죽기분좋아꽃 너가걸었던트
레일봄꽃

우리의 하루는 레몬 슬라이스처럼 얇게 썰려 있고
네가 장난스럽게 웃으며 입으로 가져가면
저녁의 느낌과 밤의 어둠
사선으로 하늘을 오르는 별들
세상의 폭포, 은하, 폭설, 해안선, 오로라
사슴, 원숭이, 사자, 헤아릴 수 없는 야생의 울음소리
해가 터지기 직전의 새벽하늘이
내 눈을 뚫고 내 깊은 곳으로 쏟아졌다

아주 오래도록 내 안은 아득하고 알 수 없었지만
이것이 내가 정말로 느끼는 방식입니다 진짜 내 기분은
바람에 영원히 불어날 것 같고
세상의 빈틈을 채울 거야 마침내

내가 없어지거나 없는 것처럼 느껴지겠지
이 사실도 잊을 만큼 시간이 가고 나면
언젠가 다시 올 느낌이라고 믿기에

약속할래?

다시는 죽지 말아요
우리 다시는 죽지 말아요

하필이면 어정쩡한 타이밍에
조금 안 웃기는 농담

그래도 더 웃을까?

우리는 원래 이상하니까

하울의 움직이는 성을 봤다

이제껏 세 번 정도 봤으려나?

이 영화를 정신분석으로 분석하면 하울의 어린 시절 켈시퍼와의 조우가 지니는 의미와 그것이 무의식에 끼친 영향에 대해 얘기할 수 있겠지. 여성주의로 접근하면 소피는 수동적이고 의존적인 모습으로 그려지면서 집안일을 위주로 할 뿐이며, 하울의 움직이는 성은 그 자체가 주거와 이동 문제를 해결한 남성성의 상징이라고 비판할 수 있겠지. 들뢰즈적으로 바라본다면 계속해서 움직이는 성을 통해서 노마드의 의미를 말하기 좋을 거야. 집이 자리 잡거나 구조가 바뀌는 모습을 통해 영토화와 탈영토화를 얘기하는 것도 가능. 기호학을 적용하면 마법사 하울의 인간형과 수인형, 지상에서 움직이는 하울의 성과 하늘을 날며 공습하는 왕국군의 비행기, 소피의 젊은 모습일 때와 늙은 모습일 때의 언어 습관을 대립항을 설정해 분석하면 된다.

그런데 내 생각에는 생각 없이 보는 게 제일 좋다.

리시안셔스

비 오는 날에 메모한다
이 끄적임이 우연히
네게 발견되기를 바라는 마음이면
편지라고 해도 될까

메모 같은 편지라면
편지 쓴다가 아니라
메모한다처럼 편지한다로 말해도 될까

끄적임만으로 닿기를 바라는 욕심으로
창문을 열어 메모에 비를 조금 맞혔다

이런 날은 당신에게 밥을 차려주고 싶어
소세지 김 김치 후라이 이런 것들이랑 쌀밥
국은 없어도 좋고 있다면 미역국

라이프에 리브와 러브가 있는 것처럼
삶에 사람과 사랑이 있는 것처럼

살아가는 것만으로도
원하는 것들이 채워지면 좋겠지만

그럴 수 없음을 안다 하지만
만에 하나, 그것이 허락된 하루라면
오늘은 당신에게
내 영혼이 잿더미라는 사실을 들키고 싶다

늘 좋게만 봐주는 당신에게
고마운 마음을 담아
이날 드림

우연은 할 수 있습니다

나와 헤이즐은 딜런 몰래 호크스베이에 갔어요. 졸업식이 있던 주의 주말입니다. 삼촌은 졸업 선물로 자신이 타던 캐딜락 드 빌을 내게 줬어요. 그녀를 처음으로 태우고 싶었습니다. 우리는 파랑 빨강 하양 줄무늬의 파라솔 아래 나바호 무늬 자리를 폈습니다. 그녀가 싸 온 샌드위치, 토마토, 키위 주스를 먹고 마셨습니다. 호크스베이의 해변엔 많지도 않고 적지도 않은 사람들이 여유롭게 거닐고 있었죠. 그 안에서 우리는 눈에 띄지도 않고 아주 안 띄지도 않았기에 헤이즐에게 고백해도 될 것 같았어요. 결국 딜런 생각에 그러지 못했지만요.

나는 딜런을 좋아했습니다. 그리고 헤이즐을 좋아했습니다. 그리고 둘의 결혼이 좋았습니다. 나는 새로 생긴 여자친구를 좋아했습니다. 나는 그녀와의 결혼이 좋았습니다. 딜런과 헤이즐은 나의 결혼을 좋아했습니다. 내겐 아이가 둘 있고 나는 아내와 아이들을 좋아했어요. 나는 아내와 종종 싸웠습니다. 싸움은 괴로웠고 가끔 그 일로 딜런과 전화하는 것은 좋았어요. 딜런이 없는 날이면 헤이즐과 얘기했습니다. 좋았습니다. 모두 진심입니다.

딜런과 사냥 여행을 가기로 한 하루 전, 아내는 가지 말라고 했습니다. 꼭 사냥이어서가 아닐 겁니다. 내가 하는 모든 일이 못마땅한 지가 좀 됐습니다. 나는 내일 오후면 볼 친구의 얼굴이 당장 보고 싶었어요. 나는 드 빌을 몰아 딜런과 헤이즐의 트레일러홈으로 갔습니다.

나는 차에 앉아 새어 나오는 불빛을 보았습니다. 그녀가 혼자 있음을 알 수 있었지요. 밖으로 나와 나를 데리고 들어간 건 그녀였어요. 내가 온 걸 어떻게 알았는지 묻지 않았습니다. 나는 헤이즐이 내온 진저레몬을 마셨습니다. 딜런은 부모님 댁에 들러 저녁을 먹고 온다는군요. 아마 아버지의 사냥총을 빌리려는 모양이겠죠. 나와 딜런은 사 년 전 수렵용 윈체스터 소총을 함께 샀습니다. 총신이 망가진 것 같은데 아직 확인을 못 했다고 딜런이 말했던 일이 기억납니다.

헤이즐에게 나와 호크스베이에 갔던 날이 기억나는지

물었어요. 그녀는 조금 당황하더니 미소 지으며 기억나지 않는다고 했어요. 나는 그날 쓰나미라도 있었으면 어땠을까 생각했다고 말했습니다. 헤이즐은 웃으며 다 마신 진저레몬의 컵을 싱크대로 가져갔어요. 헤이즐을 안았습니다. 딜런이 곧 올 거라 염려하면서 멈추지 않았습니다.

시동을 걸고 트레일러홈에서 멀어지며 딜런의 차와 지나쳤습니다. 나는 차를 세우고 집으로 들어가는 딜런을 봤어요.

새벽. 어스름. 먼 곳 햇빛의 느낌. 뿔이 굳은 수사슴의 생기. 나무 뒤편 그림자. 호크스베이까지 이어지는 24번 도로. 손끝으로 느끼는 곡선.

그녀의 트레일러홈은 한동안 아늑했습니다. 우리는 서로가 더 필요했습니다. 같은 존재를 잃었으니까요. 그녀에게 찾아가 용서를 빌수록 우리는 긴밀해집니다. 나는 딜런이 아니라 사슴이라고 거의 9할은 믿었습니다. 불확신은 죄책감을 덜었지만 그렇다고 작진 않았어요. 그리고 지금은 압니다. 사람은 죄책감을 안고도 행복해질 수 있어요. 모두 진심입니다. 시간을 돌린다고 한들 다른 선택을 할까요.

그녀의 트레일러홈이 어둠에 남겨진 지 좀 됐습니다. 헤이즐이 안과에서 그녀의 상사인 남자와 나오는 모습을 봅니다. 왜 내가 아닌 그가 운전을 도와주고 은행에 함께 가는 걸까요. 내가 그녀에게 느끼는 결속보다도 큰 무엇이 그 둘에게 있는 걸까요. 그는 더한 무언가를 죽였을 겁니다. 나의 죄책감이 더 커지면 될까요. 트렁크에 있는 그때의 윈체스터가 나를 괴롭게 합니다. 저녁이고, 어스름입니다.

반야블랙심경

이 시는 고요한 밤에 시작된다 어둠 속에서 물이 떨어지는 소리 너는 뒤척이더니 이불 뒤집어쓰더니

너의 잠결 움직임들 꿈만 같아서 시간이 흐른다 내일은 거인인데 큰 보폭인데 소리가 작아서 물이 떨어지는 소리에도 묻힐 만하지 너 있는 밤에는 그가 좀 두려울 때도 있는데

지옥이라니, 보다 괴로운 곳, 다시 있다는 뜻일 텐데, 건져달라는 애원도 모두 그치기로 했을 때

너는 격자 안에서 파편 안에서 젖은 수선화 안에서 얼굴 내밀더니 찡그리더니 조금 미소

인도환생은 포기했어요 다시 짐승으로 태어나고 싶습니다 영원한 짐승이 있다면 그건 어느 모습일까요

온통 검은 들 사향과 사람의 사체 냄새에 구분이 없는 너를 코로 들추는 울음 이후 불안 이후 온통 검은 팔면체 수정

이후 온통 검은 십육면체 수정 이후 온통 검은 삼십이면체
수정 이후 온통 검은 무한면체의 연속과 비어 있음 비어 있
음과 비어 있음의 온통 검은 그 사이로 온통 검은 심경 마음
과 경전에 구분이 없는 온통 검은 따뜻한 통증과 상처 살과
환부에 구분이 불가한 불가해한 원圓과 각角에 구분이 없는

집어 던지는 자는 신이 될 수 있는 시절입니다 꽃병이 추
락해 바닥에서 깨지는 순간이 구원입니다 자고 나니 신이
되고 자고 나니 돼지가 됐어요 구원을 버린 이도 있어요 바
라지 않는 이도 있구요 믿지 않는 이도 있고 필요를 모르는
이도 있습니다 천국에서는 그런 이를 구원 없이도 살 사람
이라 말한다고 합니다 내일은 돼지 모습을 한 나에게 사람
들이 절을 할 수 있을까요

너의 뿔에 명치를 찔리고 뺨 둔덕 언덕 엉덩이 들 숲 목
에 온통 검은 피를 흘리며 네 뺨 만질래 온통 검은 양서류
같은 것으로 변하는 피를 보며 온통 검은 심장과 온통 검은
심상의 결합으로 온통 검은 허파와 온통 검은 허공의 결합

으로 결함의 결합으로 두꺼비 개구리 시실리언 같은 도마뱀 같은 어魚와 양서의 구분이 없는 양서와 파충의 구분이 없는 파충과 천사의 구분이 불가한 불가해한 온통 검은 너가 흑지黑紙에 칼로 조금 긁어낸 흠집으로 쓰인 나는 백지에 쓰고 또 써서 너에 닿으려는 구덩이 나는 재 온통 검은 뒤집어 쓴 쓰는 씀인 나는 온통 검게 쓰고 또 썼던 보들레르가 부순 그 예토 보들레르의 예토 온통 검은 백만생사 온통 검은 사랑 온통 검은 한 번의 삶 곧 두려운 죽음 온통 검은 지평선 온통 검은 개ㅐ 온통 검은 폐ㅖ

신으로 절을 받기보다 사람으로 절을 받는 게 얼마나 더 쾌감인지, 그래요, 이런 무쓸모함, 철저하게 사람이고 싶군요 죄송해요 다 내 잘못입니다 아니지 씨발 다 니 탓이지

아니냐?

좋아요 사람은 여전히 기대할 만하지요? 그러므로 신 또한 그러합니다 굳이

온통 검은 입술의 온통 검은 입속의 온통 검은 바다의 온통 검은 파도 소리와 지평선이 무너진 흑사장黑沙場 그 위로 검은 발자국 남기며 달려가는 너는 뒤돌아보았던가 태양을 등진 역광의 얼굴 검게 타오르는 것은 내 눈인지 너의 얼굴인지 곧 너를 흔들어 깨울 거라는 생각에

사랑하는

시인이라는 말은 정말이지 죽여버리고 싶어요

욕된 方 타락

언제나 미동인 너의 얼굴은 상냥해 친절하고 미동은 아
아아 어어어 소리 내고 얼굴은 나의 이름을 잘못 부르네 언
제나 미동인 너의 얼굴이 아름다워 언제나 미동인 얼굴에
게 너의 안부를 묻네 미동은 미소를 띠고 일그러지고 이후
로 백년 동안 끓네 나는 찻잎 예닐곱과 디오니소스 정방향
그리고 풍차 역방향을 넣네 백년 녹차가 우러나는 동안 언
제나 미동인 너의 얼굴은 콜덕과 놀고 콜덕은 한 마리 늘어
나고 두 마리 늘어나고 세 마리 네 마리 늘어나네 나의 두
손은 언제나 미동인 네 뺨을 감싸고 콜덕은 개울에서 놀고
여울에서 놀고 우울에서 놀고 잘도 꽥꽥거리고 잘도 크네
다 자란 콜덕은 부리로 우울을 젓네 모든 콜덕이 부리를 빠
뜨리고 알 수 없는 숲을 향해 뒤뚱뒤뚱 걸어가고 내게 더 이
상 두 손이 없음을 깨닫네 나에겐 백년 녹차가 있고 백년 찻
잔이 있고 백년 포트가 있는데 이들의 쓰임을 더는 상상할
수 없네 언제나 미동인 너의 얼굴은 지하실의 밤으로 얼룩
지네 디오니소스는 끼걱거리는 풍차에 매여 죽어 있고 나
는 이를 백년 백치라 할지 백년 풍차라 할지 고르다 백년 무
덤으로 말하네 언제나 미동인 너의 얼굴은 내 이름을 뒤집

어 발음하고 미동으로 에에에 소리 내고 상냥하고 친절한
표정 속삭이는 말로 뭐라뭐라 하는데 언제나 미동인 너의
얼굴 미동도 없이 사라지고

노을의 나라

노을빛 속을 전철이 달린다

이제 서해 도시에 도착한다 그곳은 종점이다

전철은 덜컹거린다 지금쯤 해는 바다 수평선에 닿는다

그걸 보려고 자전거를 타고 바닷가 유원지까지 가곤 했다

우리는 노을 속에서 검게 보였다 꽃잎을 맛보고 화를 냈
다 캔이 찌그러지는 소리와 함께 웃었다

그곳에 어스름한 얼굴들이 있다 다르항으로 떠난 친구
가 있고

해는 바다 수평선에 반쯤 걸친다 전철은 붉은 터널을 향
해 달린다

극장 매표소에서 표를 끊어주던 막 스물이 된 네가 있고

우리는 손잡고 붉어지며 노래를 불렀다

나는 너가 날 사랑하는 걸 알아

나는 너가 날 사랑하는 걸 알아

뻗어가는 붉음 속에서

뻗어가는 빛의 속도로

가슴에 비행운이 그어질 때

양팔을 벌리고 달리는 아이
운동장을 가로질러 그물이 없는 농구 골대 아래까지
아이는 멈춰 서서 링을 통해 하늘을 본다

흰 꽃이 지고
빨간 꽃이 피는 늦은 봄
우리는 빨대로 에이드를 뒤섞으며
구름을 지나가는 비행기를 본다

너는 직접 티켓을 받고 음료를 가져다주고
조종도 할 수 있는 비행기를 갖고 싶다고 한다
다들 벨트를 해주세요, 하면
낄낄거리며 벨트를 매는 사람들을

나는 호숫가에 불시착한
경비행기를 갖고 싶다
물에 잠긴 날개와 바람에 말라가는 날개
고요의 일부가 되는 엔진음

나는 가슴까지 올라온 물속에서
수면과 수평선과 눈꺼풀에 대해 생각한다

우리는 얼음만 남은 컵을 뒤섞는다
여름이 오면 너는 덴헬더로 간다
우리는 양 치타 얼룩말과 함께 하는 여행과
우산으로 낙하산을 타는 작은 남자에 대해 얘기한다

하늘을 동그랗게 보던 아이는 다시 양팔을 벌리고
나는 너에게 안내방송을 한다

물, 바람
모두 평온합니다

하늘로 사라지는 비행기

부록

　너는 월터 롤리의 전기를 기획한다. 너는 월터 롤리는 십 수권의 역사서를 기획했지만 1권 그리스-로마 부분만을 쓰고는 집필을 중단했다고 쓴다. 너는 지나간 역사의 진실을 아는 건 불가능함을 월터가 깨달았다고 쓴다. 너는 그럼에도 불구하고 최선을 다해야 한다고, 그것에 의미가 있다고 쓴다. 그렇게 쓰다가 마음이 지친다. 너는 이런 말들이 다 거짓이고 이 거짓된 행위가 언제쯤 끝나게 될지 모르겠다고 쓰다가… 지워버린다. 너는 문학이 예술이 예술사가 쓸모없는 것을 말한다고 생각한다. 그럼에도 불구하고 추구해야 한다. 너는 불구라는 단어를 한동안 쳐다본다. 너는 문자를 발견하면서 우리는 망했다고 쓴다. 전진한 사유 감각 예술 등이 기록으로 인해 이후를 살아갈 이들의 즐거움을 앗아갔다고 쓴다. 이봐, 그건 이미 내가 생각하고 느끼고 게다가 표현해 낸 거라고. 그들이 먼저 쓰고는 젠체하고 있다고 너는 쓴다. 그래서 쌓아 올린 우리의 업적이 아니 그들의 업적이 우리를 자유롭게 했는지 의문이라고 너는 쓴다. 너는 머리가 터지기 직전까지 왔다. 너는 너가 너라는 사실에 질릴 대로 질려버렸다. 너는 이 순간 너를 벗고 싶다. 너는 언젠가 썼다. 문학은 즐거움도 괴로움도 아닌 삶의 한 방식일 뿐이라고. 너는 너무 오래 습관이 되어서, 뜨거운 마음도, 습관이 되어서 습관적으로 열정적이곤 했다. 너는 한낱마음을 달래기 위한 쓰기는 아니었을지 의심한다. 노력이중요하다고, 이건 태도의 문제라고. 너는 듣기 좋은 소리일뿐이라고 여긴다. 일류인 척하는 소린 일류가 하면 재수 없고, 삼류가 하면 안쓰럽다고 여긴다. 그러니 우리 아무 말도하지 말자, 이게 너의 잠정적 결론이다. 문학으로. 모든 것이 가능하다. 그 무엇도 가능하지 않다. 가능성의 불가능성이니, 불가능성의 가능성이니, 이런 건 다 말장난이고 이제는 다 지겹다고. 너는 너의 삶이 네 글의 부록인 것일지, 아니면 그 역일지에 관해 짧게 고민한다. 어떤 타인이 무색 천에 날염을 하거나 지나가는 남자의 손목을 잡을 때, 너는 세계와 어떤 식으로든 긴밀했고 그때 너의 마음은 절박했던가. 백야에 빈 활주로에 눈이 그친 설원에 검게 죽은 코피를떨어뜨리는 동안, 너와 똑같이 생긴 누군가는 사업이 망하고 다시 일어서고, 손목을 긋고, 구조되기도 했다. 너는 다음과 같이 써라. 망해라. 겁에 질린 표정으로 일어서라. 손목에 언동을 덧칠해라. 기도가 될 수 없는 기도를 해라. 빈 볼이 네 안면을 강타할 때까지. 너는 너와 함께 죽을 시를 쓴다. 너는 마지막 문장의 다음 문장을 쓰며 네 생의 첫 잠에 빠지기로 한다. 이 발견은 누군가의 몫으로, 다른 누군가의 슬픔에 맡긴다.

아침달 시집 34

입술을 스치는 천사들

1판 1쇄 펴냄 2023년 11월 17일

지은이 이날
편집 송승언, 서윤후
디자인 한유미, 정유경

펴낸곳 아침달
펴낸이 손문경
출판등록 제2013-000289호
주소 03980 서울시 마포구 성미산로 153-16, 2층
전화 02-3446-5238
팩스 02-3446-5208
전자우편 achimdalbooks@gmail.com

© 이날, 2023
ISBN 979-11-89467-93-7 03810

값 12,000원